EDGAR
DEGAS

Edgar Degas Rediscovered by
Chiang Hsun

蒋勋　破解
德加之美

蒋勋　著

北京联合出版公司

目录 CONTENTS

第三部　德加

画家，真正的画家，
是那些懂得从现代生活里找到
诗意的人，

他们能以色彩或素描，
让人看到或理解我们有多伟大。

——波德莱尔

[作者序

德加：凝视繁华的孤寂者

二〇一四年是德加诞辰一百八十周年。从二〇一〇年以后，全世界重要的美术馆都开始陆续筹备德加的展览，从不同角度呈现和探讨德加这位画家的重要性。

二〇一二年夏天我在巴黎奥塞美术馆看了他后期"裸女"主题的大展，这个展览"Degas and the Nude"是奥塞与美国波士顿美术馆联合筹划的，集中探讨德加在女性裸体主题上颠覆性的革命。

二〇一四年五月，美国首府华盛顿国家画廊推出"德加 – 卡莎特"大展（Degas／Cassatt），这个展览从五月展到十月，横跨五月二十二日卡莎特的生日，和德加七月十九日的生日。卡莎特生于一八四四年，二〇一四年也是她诞辰一百七十周年。德加一生未婚，唯一交往密切的女性就是这位美国画家卡莎特。因此，从美国的立场来看，把为德加庆生的世界性意义，连接起美国本土的画家卡莎特，当然更适合美国国家画廊强调的关于她身份的角色导向。

二〇一四年一月开始，日本也推出相关德加的展览。日本起步早，早在一九一〇年前后已经有欧洲当代作品的收藏，当时船业巨子松方幸次郎收藏的

德加画的《马奈与马奈夫人》，目前是北九州市立美术馆的重要藏品。这件作品因为当年被马奈割破，引发了众说纷纭的议论，NHK 国家电视台因此制播了有关这件作品的多方面的讨论。

中国在全世界的"德加庆生"活动里好像缺席了，连美术教育界对德加也十分陌生。

亚洲大学现代美术馆收藏有七十四件德加的铜雕作品，这些铜雕原来是德加生前为了研究马、芭蕾、裸女的形体，用石膏捏塑的实验性作品。德加生前没有展出，在他一九一七年逝世以后，因石膏原模保存不易，在一九二一至一九二二年间，陆续被翻铸成铜雕。许多美术馆也都保有这一套作品，作为对德加实验性雕塑的了解。

德加，对一般大众而言，最熟悉的就是他的芭蕾舞主题系列。但是德加的创作面十分宽广，他的作品涵盖好几个不同主题，这本书从他最早的自画像和家族肖像谈起，探索德加的贵族出身，以及他扎实深厚的古典人文背景。

他的《祖父像》《贝列里伯爵家族肖像》都是他对父系家族的寻根，也是他展现古典绘画基本功的作品。

贵族出身，德加却没有被贵族的身份框架局限。德加在一八六二年前后认识马奈，受到现代美学启发，从贵族的古典世界走出来，面向正在变化的工业革命城市，城市的中产阶级，城市的赛马赌博，城市的歌剧院与芭蕾舞，城市

的咖啡厅，咖啡厅角落孤独落寞的女性，德加看到了新兴城市的热闹繁华，也透视到繁华背后人与人疏离的孤寂与荒凉。

德加比同时代的画家都更具深沉的思考性，因此没有停留在五光十色的繁华表层，他的画笔总是透视到更内在的人性。

在一个挤满芸芸众生的城市，德加同时看到了繁华，也看到了荒凉，看到了热闹，也看到了孤寂。

他从贵族的家庭出走，接触到母系家族美国路易斯安那州新奥尔良豪宅，舅舅缪松忙碌于棉花交易市场，德加因此画下了最早资本主义的市场景况。他的父亲、弟弟都活跃于金融银行业。德加也是少有的一位画家，涉足股票市场，画下了当时犹太商人操控的股票交易炒作。

德加的绘画，像是一个时代横剖面的缩影，贵族、中产阶级、金融业、股票、棉花交易、赛马、芭蕾表演，全部成为他的绘画主题。包括他和卡莎特交往的十年，因为陪女伴挑选时尚品牌的衣服帽子，德加有机会长时间观察都会女性时尚的主题，留下了一个时代流行文化的面貌。

不只如此，走出贵族养尊处优的优雅骄矜，德加在巴黎这个繁华城市也看到了挤在边缘辛苦求生存的劳动者，他画了一系列当时处在社会底层的洗衣女工。这些工作时间长达十几个小时，没有任何福利保障的女工，疲惫、困倦，一面熨烫衣物，一面打呵欠，她们卑微辛酸的生活都被记录了在德加的画中。

　　德加看到的不只是社会底层的洗衣女工的辛苦，他逐渐也转向了世俗还没有人揭发的性产业中妓院的女性生活。他和文学上的莫泊桑一样，用颠覆世俗歧视的眼光，重新检视女性用自己身体做交易的事实。

　　德加后期许多女性裸体，远远不同于传统学院模特儿的优雅、美丽。他大胆画出在私密空间里擦拭下体、胳肢窝、脚趾的各种女性动作，这些不预期被别人看到，不预期要取悦他人的身体，不优雅，不美，可是，是不是更真实的身体？

　　德加是颠覆者、革命者，他提出一连串对生命的询问，不满足历史总在原地踏步。

　　德加一直是难以归类的画家，他参加印象派，他又说：我不是印象派。

　　仅仅从美术画派看德加，或许不容易看清楚：德加关心人，人才是他的永恒主题，贵族、芭蕾舞者、洗衣女工、妓女——芸芸众生，回到人的原点，都是德加笔下关心的对象吧。

　　谨以此书，向德加致敬。

蒋勋

二〇一四年十月八日寒露过一日
于八里淡水河边

第一部

德加之谜

1 一张割破的画

德加画过马奈和夫人苏珊，记录了两个大画家的亲密关系。

但是画面后来被割裂了，马奈夫人苏珊的部分完全被扯掉，不见了。

画是马奈割的。

如此暴烈的举动，

如此对待画面中自己的妻子，为什么？

德加反应如何？

两人因此决裂吗？

一连串问题，都因为这张画，成为艺术史的谜团。

2 | 未完成的杰作

这张画德加一辈子没有完成，却一直留在身边，直到他去世。

一位少女伸手、向前倾，仿佛挑战对方，

一位少男向上伸展拉长双手，像是备战，像是蓄势待发……

为什么德加对这件作品如此钟爱？

为什么是杰作中的杰作？

4 芭蕾与同情

德加最著名的芭蕾舞主题他大概画了一二十年，

德加的笔下，芭蕾不再只是一种"表演"，

他逐渐观察到围绕芭蕾的活动形成的特殊城市风景。

一名女性陪伴舞者，坐在教室外的板凳上，

你能从舞者的动作看见什么吗？

另一幅《芭蕾排演》，

除了排练老师、总监、乐团指挥认真介入，

你能看出画面上舞者按摩肩头、伸懒腰、系鞋带的动作吗？

德加想要说什么？